紅樓夢第六十六回

情小妹恥情歸地府　冷二郎一冷入空門

話說興兒說怕吹倒了林姑娘吹化了薛姑娘大家都笑了那鮑二家的打他一下子笑道原有些真到了你嘴裡越發沒了細兒了你倒不像跟二爺的人這些話倒像是寶玉的人尤二姐纔要又問忽見尤三姐笑問道可是你們家那寶玉除了上學他做些什麼興兒笑道三姨兒別問他說起來三姨兒也未必信他長了這麼大獨他沒有上過正經學我們家從祖宗直到二爺誰不是學裡的師老爺嚴嚴的管着念書偏他不愛念書是老太太的寶貝老爺先還管如今也不敢管了成天家瘋

瘋顛顛的說話人也不懂幹的事人也不知外頭人人看著好清俊模樣兒心裡自然是聰明的誰知裡頭更糊塗見了人一句話也沒有所有的好處雖沒上過學倒難爲他認得幾個字每日又不習文又不學武又怕見人只愛在丫頭羣兒裡鬧再者也沒個剛氣兒有一遭見了我們喜歡時沒上沒下大家亂頑一陣不喜歡各自走了他也不理人我們坐着卧着見了他也不理他他也不責備因此沒人怕他只管隨便都過的去尤三姐笑道主子寬了你們又這樣嚴了又抱怨可知你們難纏尤二姐道我們看他倒好原來這樣可惜了兒的一個好胎子尤三姐道姐姐信他胡說偺們也不是見過一面兩面的行事

言談吃喝原有些女兒氣的自然是天天只在裡頭慣了的要
說糊塗那些兒糊塗姐姐記得穿孝時偺們同在一處那日正
是和尚們進來遶棺偺們都在那裡站着他只站在頭裡擋着
人人說他不知禮又沒眼色過後他沒悄悄的告訴偺們說姐
姐們不知道我並不是沒眼色想和尚們的那樣腌臢只恐怕
氣味薰了姐姐們接著他吃茶姐姐又要茶那個老婆子就拿
了他的碗去倒他赶忙說那碗是腌臢的另洗了再斟來這兩
件上我冷眼看去原來他在女孩兒跟前不管什麽都過的去
只不大合外人的式所以他們不知道尤二姐聽說笑道依你
說你兩個已是情投意合了竟把你許了他豈不好三姐見有

興兒不便說話只低了頭嗑瓜子兒興兒笑道若論模樣兒行
爲倒是一對兒好人只是他已經有了人了只是沒有露形兒
將來准是林姑娘定了的因林姑娘多病二則都還小所以還
沒辦呢再過三二年老太太便一開言那是再無不准的了大
家正說話只見隆兒又來了說老爺有事是件機密大事要遣
二爺往平安州去不過三五日就起身來回得十五六天的工
夫今兒不能來了請老奶奶早和二姨兒定了那件事明日爺
來好做定奪說着帶了興兒也回去了這裡尤二姐命掩了門
早睡下了盤問他妹子一夜至次日午後賈璉方來了尤二姐
因勸他說既有正事何必忙忙又來千萬別爲我悞事賈璉道

也沒什麽事只是偏偏的又出來了一件遠差出了月兒就起身得半月工夫纔來尤二姐道既如此你只管放心前去這裡一應不用你惦記三妹妹他從不會朝更暮改的他已擇定了人你只要依他就是了賈璉忙問是誰二姐笑道這人此刻不在這裡不知多早晚纔來呢也難爲他的眼力他自己說了這人一年不來他等一年十年不來等十年若這人死了再不來了他情愿剃了頭當姑子去吃常齋念佛再不嫁人賈璉問到底是誰這樣動他的心二姐兒笑道說來話長五年前我們老娘家做生日媽媽和我們到那裡給老娘拜壽他家請了一起頑戲的人也都是好人家子弟裡頭有個粧小生的叫做柳湘

蓮如今要是他纔嫁舊年聞得這人惹了禍逃走了不知回來了不曾賈璉聽了道怪道呢我說是個什麽人原來是他果然眼力不錯你不知道那柳老二那樣一個標緻人最是冷面冷心的差不多的人他都無情無義他最和寶玉合的來去年因打了薛獃子他不好意思見我們的不知那裡去了一向沒來聽見有人說來了不知是真是假一問寶玉的小厮們就知道了倘或不來時他是萍踪浪跡知道幾年纔來豈不白躭擱了大事二姐道我們這三丫頭說的出來幹的出來他怎樣說只依他便了二人正說之間只見三姐走來說道姐夫你也不知道我們是什麽人今日和你說罷你只放心我們不是那心口

兩樣的人說什麽是什麽若有了姓柳的來我便嫁他從今兒起我吃常齋念佛伏侍母親等來了嫁了他去若一百年不來我自己修行去了說着將頭上一根玉簪拔下來磕作兩段說一句不真就合這簪子一樣說着回房去了真個竟非禮不動非禮不言起來賈璉無了法只得和二姐商議了一回家務復回家和鳳姐商議起身之事一面着人問焙茗焙茗說竟不知道大約沒來若來了必是我知道的一面又問他的街房也說沒來賈璉只得回復了二姐兒至起身之日已近前兩天便說起身却先往二姐兒這邊來住兩夜從這裡再悄悄的長行果見三姐兒竟像又換了一個人的是的又見二姐兒持家勤慎

自是不消掛記是日一早出城竟奔平安州大道曉行夜住渴飲饑飡方走了三日那日正走之間頂頭來了一羣馱子內中一夥主僕十來匹馬走的近了一看時不是別人就是薛蟠和柳湘蓮來了賈璉深爲奇怪忙伸馬迎了上來大家一齊相見說些别後寒溫便入一酒店歇下共叙談叙談賈璉因笑道鬧過之後我們忙着請你兩個和解誰知柳二弟踪跡全無怎麽你們兩個今日倒在一處了薛蟠笑道天下竟有這樣奇事我同夥計販了貨物自春天起身往回裡走一路平安誰知前兒到了平安州地面遇見一夥強盜已將東西刼去不想柳二弟從那邊來了方打賊人趕散奪回貨物還救了我們的性命我

謝他又不受所以我們結拜了生死兄弟如今一路進京從此後我們是親弟兄一般到前面岔口上分路他就分路往南二百里有他一個姑媽家他去望候望候我先進京去安置了我的事然後給他尋一所房子尋一門好親事大家過起來賈璉聽了道原來如此倒好只是我們白懸了幾日心因又說道方纔說給柳二弟提親我正有一門好親事堪配二弟說著便將自己娶尤氏如今又要發嫁小姨子一節說了出來只不說尤三姐自擇之語又囑薛蟠且不可告訴家裡等生了兒子自然是知道的薛蟠聽了大喜說早該如此這都是舍表妹之過湘蓮忙笑說你又忘情了還不住口薛蟠忙止住不語便說既是

這等這門親事定要做的湘蓮道我本有願定要一個絕色的女子如今既是貴昆仲高誼顧不得許多了任憑定奪我無不從命賈璉笑道如今口說無憑等柳二弟一見便知我這內娣的品貌是古今有一無二的了湘蓮聽了大喜說既如此說等弟探過姑母不過一月內就進京的那時再定如何賈璉笑道你我一言為定只是我信不過二弟你是萍踪浪跡倘然去了不來豈不悞了人家一輩子的大事須得留一個定禮湘蓮道大丈夫豈有失信之禮小弟素係寒貧況且在客中那裡能有定禮薛蟠道我這裡現成就備一分二哥帶去賈璉道也不用金銀珠寶須是二弟親身自有的東西不論貴賤不過帶去取

信耳湘蓮道既如此說弟無別物囊中還有一把鴛鴦劍乃弟家中傳代之寶弟也不敢擅用只是隨身收藏着二哥就請拿去為定弟縱係水流花落之性亦斷不捨此劍說畢大家又飲了幾盃方各自上馬作別起程去了且說賈璉一日到了平安州見了節度完了公事因又囑咐他十月前後務要還來一次賈璉領命次日連忙取路回家先到尤二姐那邊且說二姐兒操持家務十分謹肅每日關門閉戶一點外事不聞那三姐兒果是個斬丁截鐵之人每日侍奉母親之餘只和姐姐一處做些活計雖賈珍趁賈璉不在家也來鬼混了兩次無奈二姐兒只不兜攬推故不見那三姐兒的脚氣賈珍早已領過教的那

裡還敢招惹他去所以踪跡一發踈濶了却說這日賈璉進門看見二姐兒三姐兒這般景况喜之不盡深念二姐兒之德大家敘些寒溫賈璉便將路遇柳湘蓮一事說了一回又將鴛鴦劍取出遞給三姐兒三姐兒看時上面龍吞夔護珠寶晶熒及至拿出來看時裡面却是兩把合體的一把上面鏨一鴛字一把上面鏨一鴦字冷颼颼明亮亮如兩痕秋水一般三姐兒喜出望外連忙收了掛在自已繡房床上每日望着劍自喜終身有靠賈璉住了兩天回去復了父命回家合宅相見那時鳳姐已大愈出來理事行走了賈璉又將此事告訴了賈珍賈珍因近日又搭上了新相知二則正惱他姐妹們無情把這事丟過

丁全不在心上任湜賈璉裁奪只怕賈璉獨力不能少不得又給他幾十兩銀子賈璉拿來交給二姐兒預備粧奩誰知八月內湘蓮方進了京先來拜見薛姨媽又遇見薛蟠方知薛蟠不慣風霜不服水土一進京時便病倒在家請醫調治聽見湘蓮來了請入臥室相見薛姨媽也不念舊事只感救命之恩母子們十分稱謝又說起親事一節凡一應東西皆置辦妥當只等擇日湘蓮也感激不盡次日又來見寶玉二人相會如魚得水湘蓮因問賈璉偷娶二房之事寶玉笑道我聽見焙茗說我卻未見我也不敢多管我又聽見焙茗說璉二哥哥着實問你不知有何話說湘蓮就將路上所有之事一概告訴了寶玉寶玉

笑道大喜大喜難得這個標緻人果然是個古今絕色堪配你之爲人湘蓮道既是這樣他那少了人物如何只想到我況且我又素日不甚和他相厚也關切不至於此路上忙忙的就那樣再三要求定下難道女家反趕着男家不成我自己疑惑起來後悔不該留下這劍作定所以後來想起你來可以細細問了底裡纔好寶玉道你原是個精細人如何既許了定禮又疑惑起來你原說只要一個絕色的如今既得了個絕色的便罷了何必再疑湘蓮道你既不知他來歷如何又知是絕色寶玉道他是珍大嫂子的繼母帶來的兩位妹子我在那裡和他們混了一個月怎麼不知真真一對尤物他又姓尤湘蓮跌

脚道這事不好斷乎做不得你們東府裡除了那兩個石頭獅子干淨罷了寶玉聽說紅了臉湘蓮自慚失言連忙作揖說我該死胡說你好歹告訴我他品行如何寶玉笑道你既深知又來問我做甚麽連我也未必干淨了湘蓮笑道原是我自己一時忘情好歹別多心寶玉笑道何必再提這倒似有心了湘蓮作揖告辭出來心中想著要找薛蟠一則他病著二則他又浮躁不如去要回定禮主意已定便一逕來找賈璉賈璉正在新房中聞湘蓮來了喜之不盡忙迎出來讓到內堂和尤老娘相見湘蓮只作揖稱老伯母自稱晚生賈璉聽了詫異吃茶之間湘蓮便說客中偶然忙促誰知家姑母於四月訂了弟婦使弟

無言可回要從了二哥背了姑母似不合理若係金帛之定弟不敢索取但此劍係祖父所遺請仍賜回爲幸賈璉聽了心中自是不自在便道二弟這話你說錯了定者定也原怕返悔所以爲定豈有婚姻之事出入隨意的這個斷乎使不得湘蓮笑說如此說弟原領責備罰然此事斷不敢從命賈璉還要饒舌湘蓮便起身說請兄外座一叙此處不便那尤三姐在房明明聽見好容易等了他來今忽見返悔便知他在賈府中聽了什麽話來把自己也當做淫奔無恥之流不屑爲妻今若容他出去和賈璉說退親料那賈璉不但無法可處就是爭辯起來自己也無趣味一聽賈璉要同他出去連忙摘下劍來將一股雌

鋒隱在肘後出來便說你們也不必出去再議還你的定禮一面淚如雨下左手將劍並鞘送給湘蓮右手回肘只往項上一橫可憐

揉碎桃花紅滿地　玉山傾倒再難扶

當下唬的衆人急救不迭尤老娘一面嚎哭一面大罵湘蓮賈璉揪住湘蓮命人綑了送官二姐兒忙止淚反勸賈璉人家並没威逼他是他自尋短見你便送他到官又有何益反覺生事出醜不如放他去罷賈璉此時也没了主意便放了手命湘蓮快去湘蓮反不動身拉下手絹拭淚道我並不知是這等剛烈人眞眞可敬是我没福消受大哭一塲等買了棺木眼看著入

殮又撫棺大哭一塲方告辭而去出門正無所之昏昏默默自想方纔之事原來這樣標緻人才又是這等剛烈自悔不及信步行來也不自知了正走之間只聽得隱隱一陣環佩之聲三姐從那邊來了一手捧着鴛鴦劍一手捧着一卷冊子向湘蓮哭道妾癡情待君五年不期君果冷心冷面妾以死報此痴情妾今奉警幻仙姑之命前往太虛幻境修注案中所有一干情鬼妾不忍相別故來一會從此再不能相見矣說畢又向湘蓮灑了幾點眼淚便要告辭而行湘蓮不捨連忙欲上來拉住問時那三姐一摔手便自去了這裏柳湘蓮放聲大哭不覺處夢中哭醒似夢非夢睜眼看時竟是一座破廟傍邊坐着一個瘸腿

道士捕虱湘蓮便起身稽首相問此係何方仙師何號道士笑道連我也不知道此係何方我係何人不過暫來歇脚而已湘蓮聽了冷然如寒氷侵骨掣出那股雄劔來將萬根煩惱絲一揮而盡便隨那道士不知往那裡去了要知端底下回分解

紅樓夢第六十六回終

紅樓夢第六十七回

見土儀顰卿思故里　聞秘事鳳姐訊家童

話說九三姐自盡之後尤老娘合二姐兒賈珍賈璉等俱不勝悲慟自不必說忙命人盛殮送往城外埋葬柳湘雲見三姐身亡痴情眷戀卻被道人數句冷言打破迷關竟自截髮出家跟隨道瘋道人飄然而去不知何往暫且不表且說薛姨媽聞知湘蓮已說定了九三姐為妻心中甚喜正是高高興興要打算替他買房子治傢伙擇吉迎娶以報他救命之恩忽有家中小廝吵嚷三姐兒自盡了被小丫頭們聽見告知薛姨媽薛姨媽不知為何心甚嘆息正在猜疑寶釵從園裡過來薛姨媽便對寶釵說道我的兒你聽見了沒有你珍大嫂子的妹妹三姑娘他不是已經許定給我哥哥的義弟柳湘蓮了麼不知為什麼自刎了那湘蓮也不知往那裡去了真正奇怪的事叫人意想不到的寶釵聽了並不在意便說道俗語說的好天有不測風雲人有旦夕禍福這也是他們前生命定前兒媽媽為他救了哥哥商量着替他料理如今已經死的死了走的走了依我說也只好由他罷了媽媽也不必為他們傷感了倒是自從哥哥打江南回來了一二十日販了來的貨物想來也該發完了那同伴去的夥計們辛辛苦苦的回來幾個月了媽媽合哥哥商議商議也該請一請酬謝酬謝纔是別叫人家看着無理似的

母女正說話間見薛蟠自外而入眼中尚有淚痕一進門來便向他母親拍手說道媽媽可知道柳二哥尤三姐的事麽薛姨媽說我纔聽見說正在這裏合你妹妹說這件公案呢薛蟠道媽媽可聽見說湘蓮跟着一個道士出了家了麽薛姨媽道越發奇了怎麽柳相公那樣一個年輕的聰明人一時糊塗了就跟着道士去了呢我想你們好了一場他又無父母兄弟單身一人在此你該各處找找他纔是靠那道士能往那裏遠去左不過是在這方近左右的廟裏寺裏罷了薛蟠說何常不是呢我一聽見這個信兒就連忙帶了小厮們在各處尋找連一個影兒也沒有又去問人都說沒看見薛姨媽說你既找尋過沒有也算把你做朋友的心盡了焉知他這一出家不是得了好處去呢只是你如今也該張羅張羅買賣二則把你自已娶媳婦應辦的事情倒早些料理料理咱們家沒人俗語說的夯雀兒先飛省的臨時丟三落四的不齊全令人笑話再者你妹妹纔說你也回家半個多月了想貨物也該發完了同你去的夥計們也該擺桌酒給他們道道乏纔是人家陪着你走了二三千里的路程受了四五個月的辛苦而且在路上又替你擔了多少的驚怕沉重薛蟠聽說便道媽媽說的很是倒是妹妹想的週到我也這樣想著只因這些日子爲各處發貨鬧的腦袋都大了又爲柳二哥的事忙了這幾日反倒落了一個空白

張羅了一會子到把正經事都悞了要不然定了明兒後兒下帖兒請罷薛姨媽道由你辦去罷話猶未了外面小厮進来回說管總的張大爺差人送了兩箱子東西来說這是爺各自買的不在貨賬裡面本要早送来因貨物箱子壓著没得拿昨兒貨物發完了所以今日纔送來了一面說一面又見兩個小厮搬進了兩個夾板夾的大棕箱薛蟠一見說噯喲可是我怎麼就糊塗到這步田地了特特的給媽合妹妹帶来的東西都忘了没拿了家裡來還是夥計送了來了寶釵說虧你說還是特特的帶來的纔放了一二十天要不是特特的帶來大約要放到年底下纔送來呢我看你也諸事太不留心了薛蟠笑道想

是在路上叫人把魂打吊了還没歸竅呢說着大家笑了一回便向小丫頭說出去告訴小厮們東西收下叫他們回去罷薛姨媽和寶釵因問到底是什麽東西這樣細着綑着的薛蟠便命叫兩個小厮進来解了繩子去了夾板開了鎖看時這一箱都是紬緞綾錦洋貨等家常應用之物薛蟠笑着道那一箱是給妹妹帶的親自來開母女二人看時却是些筆墨紙硯各色箋紙香袋香珠扇子扇墜花粉胭脂等物外有虎邱帶来的自行人酒令兒水銀灌的打金斗小小子沙子燈一齣一齣的泥人兒的戲用青紗罩的匣子裝着又有在虎邱山上泥揑的薛蟠的小像與薛蟠毫無相差寶釵見了別的都不理論倒是薛

蟠的小像拿着細細看了一看又看看他哥哥不禁笑起來了因叫鶯兒帶着幾個老婆子將這些東西連箱子送到園子裡去又和母親哥哥說了一回閒話纔回園子裡去這裡薛姨媽將箱子裡的東西取出一分一分的打點清楚叫同喜送給賈母並王夫人等處不提且說寶釵到了自己房中將那些頑意兒一件一件的過了目除了自己留用之外一分一分配合妥當也有送筆墨紙硯的也有送香袋扇子香墜的也有送脂粉頭油的有单送頑意兒的只有黛玉的比別人不同且又加厚一倍一一打點完畢使鶯兒同着一個老婆子跟着送往各處這邊姐妹諸人都收了東西賞賜來使說見面再謝惟有黛玉

看見他家鄉之物反自觸物傷情想起父母雙亡又無兄弟寄居親戚家中那裡有人也給我帶些土物來想到這裡不覺的又傷起心來了紫鵑深知黛玉心腸但也不敢說破只在一旁勸道姑娘的身子多病早晚服藥這兩日看着比那些日子略好些雖說精神長了一點兒還算不得十分大好今兒寶姑娘送來的這些東西可見寶姑娘素日看著姑娘狠重姑娘看著該喜歡纔是為什麼反倒傷起心來這不是寶姑娘送東西來倒叫姑娘煩惱了不成就是寶姑娘聽見反覺臉上不好看再者這裡老太太們為姑娘的病體千萬百計請好大夫配藥診治也為是姑娘的病好這如今纔好些又這樣哭哭啼啼豈不

是自已遭塌了自已身子叫老太太看着添了愁煩了麽况且姑娘這病原是素日憂慮過度傷了血氣姑娘的千金貴體也别自已看輕了紫鵑正在這裡勸解只聽見小丫頭子在院内說寶二爺來了紫鵑忙說請二爺進來罷只見寶玉進房來了黛玉讓坐畢寶玉見黛玉淚痕滿面便問妹妹又是誰氣着你了黛玉勉强笑道誰生什麽氣旁邊紫鵑將嘴向床後棹上一努寶玉會意往那裡一瞧見堆着許多東西就知道是寶釵送來的便取笑說道那裡這些東西不是妹妹要開雜貨舖啊黛玉也不答言紫鵑笑着道二爺還提東西呢因寶姑娘送了些東西來姑娘一看就傷起心來了我正在這裡勸解恰好二爺

來的狠巧替我們勸勸寶玉明知黛玉是是個緣故也不敢提頭兒只得笑說道你們姑娘的緣故想來不爲别的必是寶姑娘送來的東西少所以生氣傷心妹妹你放心等我明年叫人往江南去給你多多的帶兩船來省得你淌眼抹淚的黛玉聽了這些話也知寶玉是爲自已開心也不好推也不好任因說道我任憑怎麽没見過世面也到不了這步田地因送的東西少就生氣傷心我又不是兩三歲的孩子你也忒把人看得小氣了我有我的緣故你那裡知道說着眼淚又流下來了寶玉忙走到床前挨着黛玉坐下將那些東西一件一件拿起來擺弄着細瞧故意問這是什麽叫什麽名字那是什麽做的這

樣齊整這是什麼要他做什麼使用又說這一件可以擺在面前又說那一件可以放在条桌上當古董兒倒好呢一味的將些沒要緊的話來厮混黛玉見寶玉如此自己心裡過不去便說你不用在這裡混攪了咱們到寶姐姐那邊去罷寶玉巴不的黛玉出去散散悶解了悲痛便道寶姐姐送咱們東西咱們原該謝謝去黛玉道自家姐妹這倒不必只是到他那邊薛大哥回來了必然告訴他些南邊的古蹟兒我去聽聽只當回了家鄉一趟的說着眼圈兒又紅了寶玉便站着等他黛玉只得和他出來往寶釵那裡去了且說薛蟠聽了母親之言急下了請帖辦了酒席次日請了四位夥計俱已到齊不免說些販

賣賬目發貨之事不一時上席讓坐薛蟠挨次斟了酒薛姨媽又使人出來致意大家喝着酒說閒話兒內中一個道今兒這席上短兩個好朋友衆人齊問是誰那人道還有誰就是賈府上的璉二爺和大爺的盟弟柳二爺大家果然都想起來問着薛蟠道怎麼不請璉二爺合柳二爺來薛蟠聞言把眉一皺嘆口氣道璉二爺又往平安州去了頭兩天就起了身了那柳二爺竟別提起真是天下頭一件奇事什麼是柳二爺如今不知那裡作柳道爺去了衆人都詫異道這是怎麼說薛蟠便把湘蓮前後事體說了一遍衆人聽了越發駭異因說道怪不的前兒我們在店裡髣髣髴髴也聽見人吵嚷說有一個道士三言

兩語把一個人度了去了又說一陣風刮了去了只不知是誰我們正發貨那裡有閒工夫打聽這個事去到如今還是似信不信的誰知就是柳二爺呢早知是他我們大家也該勸勸他纔是任他怎麼着也不叫他去內中一個道別是這麼着罷衆人問怎麼樣那人道柳二爺那樣個伶俐人未必是真跟了道士去罷他原會些武藝又有力量或看破那道士的妖術邪法特意跟他去在背地擺佈他也未可知薛蟠道果然如此倒也罷了世上這些妖言惑衆的人怎麼沒人治他一下子衆人道那時難道你知道了也沒找尋他去薛蟠說城裡城外那裡沒有找到不怕你們笑話我找不着他還哭了一塲呢言畢只是

長吁短歎無精打彩的不像往日高興衆夥計見他這樣光景自然不便久坐不過隨便喝了几盃酒吃了飯大家散了且說寶玉和著黛玉到寶釵處來寶玉見了寶釵便說道大哥哥幸幸苦苦的帶了東西來姐姐留着使罷又送我們寶釵笑原道不是什麼好東西不過是遠路帶來的土物兒大家看着新鮮些就是了黛玉道這些東西我們小時候倒不理會如今看見真是新鮮物兒了寶玉因笑道妹妹知道這就是俗語說的物離鄉貴其實可筭什麼呢寶玉聽了這說正對了黛玉方纔的心事連忙拿話岔道明年好歹大哥哥再去時替我們多帶些來黛玉瞅了他一眼便道你要你只管說不必拉扯上人姐姐

你瞧寶哥哥不是給姐姐來道謝竟又要定下明年的東西呢
了說的寶釵寶玉都笑了三個人又閒話了一回因提起黛玉
的病來寶釵勸了一回因說道妹妹若覺着身上不爽快倒要
自己勉强扎挣着出來各處走走逛逛散散心比在屋裡悶坐
着到底好些我那兩日不是覺着發懶渾身發熱只是要歪着
也因爲時氣不好怕病因此尋些事情自己混着這兩日纔覺
着好些了黛玉道姐姐說的何嘗不是我也是這麽想着呢大
家又坐了一會子方散寶玉仍把黛玉送至瀟湘館門首纔各
自回去了且說趙姨娘因見寶釵送了賈環些東西心中甚是
喜歡想道怨不得別人都說那寶丫頭好會做人很大方如今

看起來果然不錯他哥哥能帶了多少東西來他挨門兒送到
並不遺漏一處也不露出誰薄誰厚連我們這樣沒時運的他
都想到了要是那林丫頭他把我們娘兒們正眼也不瞧那裡
還肯送我們東西一面想一面把那些東西翻來覆去的擺弄
瞧看一回忽然想到寶釵和王夫人的親戚爲何不到王夫人
跟前賣個好兒呢自己便蠍蠍螫螫的拿着東西走至王夫人
房中站在旁邊陪笑說道這是寶姑娘纔剛給環哥兒的難爲
寶姑娘這麽年輕的人想的這麽週到真是大戶人家的姑娘
又展樣又大方怎麽叫人不敬奉呢怪不的老太太和太太成
日家都誇他疼他我也不敢自專就收起來特拿來給太太瞧

瞧太太也喜歡喜歡王夫人聽了早知道來意了又見他說的不倫不類也不便不理他說道你只管收了去給環哥頑罷趙姨娘來時興興頭頭誰知抹了一鼻子灰滿心生氣又不敢露出來只得訕訕的出來了到了自巳房中將東西丟在一邊嘴裡咕咕噥噥自言自語道這個又等了個什麼兒呢一面坐著各自生了一回悶氣却說鶯兒帶着老婆子們送東西回來回覆了寶釵將衆人道謝的話並賞賜的銀錢都回完了那老婆子便出去了鶯兒走近前來一步挨著寶釵悄悄的說道剛纔我那璉二奶奶那邊看見二奶奶一臉的怒氣我送下東西出來時悄悄的問小紅說剛纔二奶奶從老太太屋裡回來不似

往日歡天喜地的叫了平兒去唧唧咕咕的不知說了些什麼看那個光景倒像有什麼大事的是的姑娘沒聽見那邊老太太有什麼事寶釵聽了也自巳納悶想不出鳳姐是為什麼有氣便道各人家有各人的事咱們那裡管得你去倒茶去來鶯兒於是出來自巳倒茶不提且說寶玉送了黛玉回來想著黛玉的孤苦不免也替他傷感起來因要將這話告訴襲人進來時却只有麝月秋紋在屋裡因問你襲人姐姐那裡去了麝月道左不過在這幾個院裡那裡就丟了他一時不見就這樣找寶玉笑著道不是怕丟了他因我方纔到林姑娘那邊見林姑娘又正傷心呢問起來却是為寶姐姐送了他東西他看見是

他家鄉的土物不免對景傷情我要告訴你襲人姐姐叫他過去勸勸正說著晴雯進來了因問寶玉道你回來了你又要叫勸誰寶玉將方纔的話說了一遍晴雯道襲人姐姐纔出去聽見他說要到璉二奶奶那邊去保不住還到林姑娘那裡去呢寶玉聽了便不言語秋紋倒了茶來寶玉漱了一口遞給小丫頭子心中着實不自在就隨便歪在床上郄說襲人因寶玉出門自已作了回活計忽想起鳳姐身上不好這幾天也沒有過去看看况聞賈璉出門正好大家說說話兒便告訴晴雯好生在屋裡別都出去了叫二爺回來抓不着人晴雯道嗳喲這屋裡单你一個人惦記着他我們都是白閒着混飯吃的襲人笑着也不答言就走了剛來到沁芳橋畔那時正是夏末秋初池中蓮藕新殘相間紅綠離披襲人走着沿堤看玩了一回猛擡頭看見那邊葡萄架底下有人拿著撣子在那裡撣什麼呢走到跟前郄是老祝媽那老婆子見了襲人便笑嘻嘻的迎上來說道姑娘怎麼今見得工夫出來逛逛襲人道可不是嗎我要到璉二奶奶那裡瞧瞧去你這裡做什麼呢那婆子道我在這裡赶蜜蜂兒今年三伏裡雨水少這菓子樹上都有虫子把菓子吃的疤瘌流星的弔了好些了姑娘還不知道呢這馬蜂最可惡的一嘟嚕上只咬破兩三個兒那破的水滴到好的上頭連這一嘟嚕都是要爛的姑娘你瞧偺們說話的空兒沒赶就

落上許多了襲人道你就是不住手的趕也趕不了多少你倒是告訴買辦叫他多多做些小冷布口袋兒一嘟嚕套上一個又透風又不遭塌婆子笑道倒是姑娘說的是我今年纔管上那裡知道這個巧法兒呢因又笑着說道今年菓子雖遭塌了些味兒倒好不信摘一個姑娘嚐嚐襲人正色道這那裡使得不但沒熟吃不得就是熟了上頭還沒有供鮮偺們倒先吃了你是府裡使老了的難道連這個規矩都不懂了老祝忙笑道姑娘說的是我見姑娘很喜歡我纔敢這麽說可就把規矩錯了我可是老糊塗了襲人道這也沒有什麽只是你們有年紀的老奶奶們别先領着頭兒這麽着就好了說着遂一逕出了園門來到鳳姐這邊一到院裡只聽鳳姐說道天理良心我在這屋裡熬的越發成了賊了襲人聽見這話知道有原故了又不好囬来又不好進去遂把脚步放重些隔着窻子問道平姐姐在家裡呢麽平兒忙答應着迎出來襲人便問二奶奶也在家裡呢麽身上可大安了說着已走進來鳳姐粧着在床上歪着呢見襲人進來也笑着站起來說好些了叫你惦着怎麽這幾日不過我們這邊坐坐襲人道奶奶身上欠安本該天天過來請安纔是但只怕奶奶身上不爽快倒要靜靜兒的歇歇兒我們來了倒吵的奶奶煩鳳姐笑道煩是沒的話倒是寶兄弟屋裡雖然人多也就靠着你一個照看他也實在的離不開我

常聽見平兒告訴我說你背地裡還惦著我常常問我這就是
你盡心了一面說着叫平兒挪了張杌子放在床傍邊讓襲人
坐下豐兒端進茶來襲人欠身道妹妹坐着罷一面說閒話兒
只見一個小丫頭子在外間屋裡悄悄的和平兒說旺兒來了
在二門上伺候著呢又聽見平兒也悄悄的道知道了叫他先
去回來再來別在門口兒站着襲人知他們有事又說了兩句
話便起身要走鳳姐道閒來坐坐說說話兒我倒鬧心因命平
兒送送你妹妹平兒答應着送出來只見兩三個小丫頭子都
在那裡屏聲息氣齊齊的伺候着襲人不知何事便自去了却
說平兒送出襲人進來回道旺兒纔來了因襲人在這裡我叫

他先到外頭等等兒這會子還是立刻叫他呢還是等着請奶
奶的示下鳳姐道叫他來平兒忙叫小丫頭去傳旺兒進來這
裡鳳姐又問平兒你到底是怎麼聽見說的平兒道就是頭裡
那小丫頭子的話他說他在二門裡頭聽見外頭兩個小廝說
這個新二奶奶比偺們舊二奶奶還俊呢脾氣兒也好不知是
旺兒是誰吆喝了兩個一頓說什麼新奶奶舊奶奶的還不快
悄悄兒的呢叫裡頭知道了把你的舌頭還割了呢平兒正說
着只見一個小丫頭進來回說旺兒在外頭伺候著呢鳳姐聽
了冷笑了一聲說叫他進來那小丫頭出來說奶奶叫呢旺兒
連忙答應着進來旺兒請了安在外間門口垂手侍立鳳姐兒

道你過來我問你話旺兒纔走到裡間門傍站著鳳姐兒道你二爺在外頭弄了人你知道不知道旺兒又打着千兒囘道奴才天天在二門上聽差事如何能知道二爺外頭的事呢鳳姐冷笑道你自然不知道你要知道你怎麽攔人呢旺兒見這話知道剛纔的話已經走了風了料着瞞不過便又跪囘道奴才實在不知就是頭裡興兒和喜兒兩個人在那裡混說奴才吆喝了他們兩句內中深情底裡奴才不知道不敢妄囘求奶奶問興兒他是長跟二爺出門的鳳姐兒聽了下死勁啐了一口罵道你們這一起沒良心的混賬忘八崽子都是一條藤兒打量我不知道呢先去給我把興兒那個忘八崽子叫了來你也

不許走問明白了他再來問你好好好這纔是我使出來的好人呢那旺兒只得連聲答應幾個是磕了個頭爬起來出去去叫興兒却說興兒正在賬房兒裡和小厮們頑呢聽見說二奶奶叫先唬了一跳却也想不到是這件事發作了連忙跟着旺兒進來旺兒先進去囘說興兒來了鳳姐兒厲聲道叫他興兒聽見這個聲音兒早已没了主意了只得乍着膽子進來鳳姐兒一見便說好小子啊你和你爺辦的好事啊你只實說罷興兒一聞此言又看見鳳姐兒氣色及兩邊丫頭們的光景早唬軟了不覺跪下只是磕頭鳳姐兒道論起這事來我也聽見說不與你相干但只你不早来回我知道這就是你的不是

了你要實說了我還饒你再有一句虛言你先摸摸你腔子上幾個腦袋瓜子與兒戰兢兢的朝上磕頭道奶奶問的是什麼事奴才和爺辦壞了鳳姐聽了一腔火都發作起來喝命打嘴巴旺兒過來纔要打時鳳姐兒罵道什麼糊塗忘八崽子叫他自已打用你打嗎一會子你再各人打你的嘴巴子還不遲呢那興兒真個自已左右開弓打了自已十幾個嘴巴鳳姐兒喝聲站住問道你二爺外頭娶了什麼新奶奶舊奶奶的事你大概不知道啊興兒見說出這件事來越發着了慌連忙把帽子抓下來在磚地上咕咚咕咚碰的頭山响口裏說道只求奶奶超生奴才再不敢撒一個字兒的謊鳳姐道快說與兒直蹶蹶的跪起來回道這事頭裏奴才也不知道就是這一天東府裏大老爺送了殯俞祿往珍大爺廟裏去領銀子二爺同着蓉哥兒到了東府裏道兒上爺兒兩個說起珍大奶奶那邊的二位姨奶奶來二爺誇他好蓉哥兒哄着二爺說把二姨奶奶說給二爺鳳姐聽到這裏使勁啐道呸沒臉的忘八蛋他是你那一門子的姨奶奶與兒忙又磕頭說奴才該死往上瞅着不敢言語鳳姐兒道完了嗎怎麼不說了興兒方纔又回道奶奶恕奴才奴才纔敢回鳳姐啐道放你媽的屁這還什麼恕不恕了你好生給我往下說好多着呢興兒又回道二爺聽見這個話就喜歡了後來奴才也不知道怎麼就弄真了鳳姐微微冷笑道

這個自然麼你可那裡知道呢你知道的只怕都煩了呢是了說底下的罷興兒回道後來就是蓉哥兒給二爺找了房子鳳姐忙問道如今房子在那裡興兒道就在府後頭鳳姐兒道哦回頭瞅着平兒道咱們都是死人哪你聽聽平兒也不敢作聲興兒又回道珍大爺那邊給了張家不知多少銀子那張家就不問了鳳姐道這裡頭怎麼又扯拉上什麼張家李家咧呢興兒回道奶奶不知道這二奶奶剛說到這裡又自已打了個嘴巴把鳳姐兒倒慪笑了兩邊的丫頭也都抿嘴兒笑興兒想了想說道那珍大奶奶的妹子鳳姐兒接着道怎麼樣快說呀興兒道那珍大奶奶的妹子原來從小兒有人家的姓張叫什麼

張華如今窮的待好討飯珍大爺許了他銀子他就退了親了鳳姐兒聽到這裡點了點頭兒回頭便望丫頭們說道你們都聽見了小忘八崽子頭裡他還說他不知道呢興兒又回道後來二爺纔叫人裱糊了房子娶過來了鳳姐道打那裡娶過來的興兒回道就在他老娘家抬過來的鳳姐道好罷咧又問沒人送親麼興兒道就是蓉哥兒還有幾個丫頭老婆子們沒別人鳳姐道你大奶奶沒來嗎興兒道過了兩天大奶奶纔拿了些東西來瞧的鳳姐兒笑了一笑回頭向平兒道怪道那兩天二爺稱贊大奶奶不離嘴呢掉過臉來又問興兒誰伏侍呢自然是你了興兒趕着碰頭不言語鳳姐又問前頭那些日子說

給那府裡辦事想來辦的就是這個了興兒回道也有辦事的時候也有往新房子裡去的時候鳳姐又問道誰和他住着呢興兒道他母親和他妹子昨兒他妹子自己抹了脖子了鳳姐道這又爲什麽興兒隨將柳湘蓮的事說了一遍鳳姐道這個人還筭造化高省了當那出名兒的忘八因又問道沒了别的事了麽興兒道别的事奴才不知道奴才剛纔說的字字是實話一字虛假奶奶問出來只管打死奴才奴才也無怨的鳳姐低了一回頭便又指着興兒說道你這個猴兒崽子就該打死這有什麽瞞着我的你想着瞞了我就在你那糊塗爺跟前討了好兒了你新奶奶好疼你我不看你剛纔還有點怕懼兒不

敢撒謊我把你的腿不給你砸折了呢說着喝聲起去興兒磕了個頭纔爬起來退到外間門口不敢就走鳳姐道過來我還有話呢興兒趕忙垂手敬聽鳳姐道你忙什麽新奶奶等着賞你什麽呢興兒也不敢擡頭鳳姐道你從今日不許過去我什麽時候叫你你什麽時候到遲一步兒你試試出去罷興兒忙答應幾個是退出門來鳳姐又叫道興兒興兒趕忙答應回來鳳姐道快出去告訴你二爺去是不是啊興兒回道奴才不敢鳳姐道你出去提一個字兒隄防你的皮興兒連忙答應着纔出去了鳳姐又叫旺兒呢旺兒連忙答應著過來鳳姐把眼直瞪瞪的瞅了兩三句話的工夫纔說道好旺兒很好去罷外頭

有人提一個字兒全在你身上旺兒答應着也慢慢的退出去
了鳳姐便叫倒茶小丫頭子們會意都出去了這裡鳳姐纔和
平兒說你都聽見了這纔好呢平兒也不敢答言只好陪笑兒
鳳姐越想越氣歪在枕上只是出神忽然眉頭一皺計上心來
便叫平兒來平兒連忙答應過來鳳姐道我想這件事竟該這
麼着纔好也不必等你二爺回來再商量了未知鳳姐如何辦
理下回分解

紅樓夢第六十七回終

紅樓夢第六十八回

尤苦娘賺入大觀園　酸鳳姐大鬧寧國府

話說賈璉起身去後偏値平安節度巡邊在外約一個月方回賈璉未得確信只得住在下處等候及至回來相見將事辦妥同程已是將近兩個月的限了誰知鳳姐早已心下算定只得賈璉前脚走了回來便傳各色匠役收什東廂房三間照依自已正室一樣粧飾陳設至十四日便回明賈母王夫人說十五日一早要到姑子廟進香去只帶了平兒豐兒周瑞媳婦旺兒媳婦四人未曾上車便將原故告訴了衆人又吩咐衆男人素衣素蓋一逕前來興兒引路一直到了門前扣門鮑二家的開

了興兒笑道快回二奶奶去大奶奶來了鮑二家的聽了這句頂梁骨走了眞魂忙飛跑進去報與尤二姐尤二姐雖也一驚但已來了只得以禮相見於是忙整理衣裳迎了出來至門前鳳姐方下了車進來二姐一看只見頭上都是素白銀器身上月白緞子襖青緞子掐銀線的褂子白綾素裙眉灣柳葉高吊兩梢目橫丹鳳神凝三角俏麗若三春之桃淸素若九秋之菊周瑞旺兒的二女人攙進院來二姐陪笑忙迎上來拜見張口便叫姐姐說今兒實在不知姐姐下降不曾遠接求姐姐寬恕說着便拜下去鳳姐忙陪笑還禮不迭赶着拉了二姐兒的手同入房中鳳姐在上坐二姐忙命丫頭拿褥子便行禮說妹子

年輕一從到了這裡諸事都是家母和家姐商議主張今兒有幸相會若姐姐不棄寒微凡事求姐姐的指教情願傾心吐膽只伏侍姐姐說着便行下禮去鳳姐忙下坐還禮口內忙說皆因我也年輕向來總是婦人的見識一味的只勸二爺保重別在外邊眠花宿柳恐怕叫太爺太太躭心這都是你我的痴心誰知二爺倒錯會了我的意若是外頭包占人家姐妹瞞着家裡也罷了如今娶了妹妹作二房這樣正經大事也是人家大禮却不曾合我說我也勸過二爺早辦這件事果然生個一男半女連我後來都有靠不想二爺反以我爲那等妒忌不堪的人私自辦了真真叫我有寃沒處訴我的這個心惟有天地可

表頭十天頭裡我就風聞着知道了只怕二爺又錯想了遂不敢先說目今可巧二爺走了所以我親自過來拜見還求妹妹體諒我的苦心起動大駕挪到家中你我姐妹同居同處彼此合心合意的諫勸二爺謹慎世務保養身子這纔是大禮呢要是妹妹在外頭我在裡頭妹妹白想想我心裡怎麼過的去呢再者叫外人聽着不但我的名聲不好聽就是妹妹的名兒也不雅況且二爺的名聲更是要緊的倒是談論偺們姐兒們還是小事至於那起下人小人之言未免見我素昔持家太嚴背地裡加些减話也是常情妹妹想自古說的當家人惡水缸我要真有不容人的地方兒上頭三層公婆當中有好幾位姐姐

妹妹妯娌們怎麽容的我到今兒就是今兒二爺私娶妹妹在外頭住着我自然不願意見妹妹我如何還肯來呢拿著我們平兒說起我還勸着二爺收他呢這都是天地神佛不忍的叫這些小人們遭塌我所以纔叫我知道了我如今來求妹妹進去和我一塊兒住的使的穿的戴的總是一樣兒的妹妹這樣伶透人要肯真心幫我我也得個膀臂不但那起小人堵了他們的嘴就是二爺囬來一見他也從今後悔我並不是那種吃醋調歪的人你我三人更加和氣所以妹妹還是我的大恩人呢要是妹妹不合我去我也愿意搬出來陪着妹妹住只求妹妹在二爺跟前替我好言方便方便留我個站脚的地方兒就叫我伏侍妹妹梳頭洗臉我也是願意的說着便嗚嗚咽咽哭將起來了二姐見了這般也不免滴下淚來二人對見了禮分序坐下平兒忙也上來要見禮二姐見他打扮不凡舉止品貌不俗料定必是平兒連忙親身攙住只叫妹子快别這麽着你我是一樣的人鳳姐忙也起身笑說折死了他妹妹只管受禮他原是偺們的丫頭已後快别這麽著說着又命周瑞家的從包袱裡取出四疋上色尺頭四對金珠簪環為拜見的禮二姐忙拜受了二人吃茶對訴已往之事鳳姐口内全是自怨自錯怨不得别人如今只求妹妹疼我二姐是個實心人便認做他是個好人想道小人不遂心誹謗主子也是常理故傾心吐胆

敘了一回竟把鳳姐認為知己又見周瑞家等媳婦在傍邊稱揚鳳姐素日許多善政只是吃虧心太痴了反惹人怨又說已經預備了房屋奶奶進去一看便知尤氏心中早已要進去同住方好今又見如此豈有不允之禮便說原該跟了姐姐去只是這裡怎麼着呢鳳姐道這有何難妹妹的箱籠細軟只管着小厮搬了進去這些粗夯貨要他無用還叫人看着妹妹說誰妥當就叫誰在這裡二姐忙說今兒既遇見姐姐這一進去凡事只憑姐姐料理我也來的日子淺也不曾當過家事不明白如何敢作主呢這幾件箱櫃拿進去罷我也沒有什麼東西那也不過是二爺的鳳姐聽了便命周瑞家的記清好生看管着抬到東廂房去于是催着尤二姐急忙穿戴了二人攜手上車又同坐一處又悄悄的告訴他我們家的規矩大這事老太太太太一槩不知倘或知道二爺孝中娶你管把他打死了如今且別見老太太太太我們有一個花園子極大姐妹們住着容易沒人去的你這一去且在園子裡住兩天等我設個法子回明白了那時再見方妥二姐道任憑姐姐裁處那些跟車的小厮們皆是預先說明的如今不進大門只奔後門來下了車趕散衆人鳳姐便帶了尤氏進了大觀園的後門來到李紈處相見了彼時大觀園裡的十停人已有九停人知道了今忽見鳳姐帶了進來引動衆人來看問二姐一一見過衆人見了他標

緻和悅無不稱揚鳳姐一一吩咐了衆人都不許在外走了風聲若老太太太太知道我先叫你們死園裡的婆子丫頭都素懼鳳姐的又係賈璉國孝家孝中所行之事知道關係非常都不管這事鳳姐悄悄的求李紈收養幾天等回明了我們自然過去李紈見鳳姐那邊已收什房屋况在服中不好倡揚自是正理只得收下權住鳳姐又便去將他的丫頭一槩退出又將自己的一個丫頭送他使喚暗暗吩咐他園裡的媳婦們好生照看著他若有走失逃亡一槩和你們算賬自己又去暗中行事不提且說合家之人都暗暗的納罕說看他如何這等賢慧起來了那二姐得了這個所在又見園裡姐妹個個相好倒

也安心樂業的自爲得所誰知三日之後丫頭善姐便有些不服使喚起來二姐因說沒了頭油了你去回一聲大奶奶拿些個來善姐見便道二奶奶你怎麼不知好歹沒眼色我們奶奶天天承應了老太太又要承應這邊太太那邊太太這些姑娘妯娌們上下幾百男女人天天起來都等他的話一日少說大事也有一二十件小事還有三五十件外頭從娘娘算起以及王公侯伯家多少人情家裡又有這些親友的調度銀子上千錢上萬一天都從他一個人手裡出入一個嘴裡調度那裡爲這點子小事去煩瑣他我勸你能着些兒罷偺們又不是明媒正娶來的這是他亘古少有一個賢良人纔這樣待你若差些

見的人聽見了這話吵嚷起來把你丟在外頭死不死活不活你敢怎麼着呢一夕話說的二姐垂了頭自爲有這一說少不得將就些罷了那善姐漸漸的連飯也怕端來給他吃了或早一頓晚一頓所拿來的東西皆是剩的二姐說過兩次他反瞪着眼叫喚起來了二姐又怕人笑他不安本分少不得忍着隔上五日八日見鳳姐一面那鳳姐卻是和容悅色滿嘴裡好妹妹不離口又說倘有下人不到之處你降不住他們只管告訴我我打他們又罵丫頭媳婦說我深知你們軟的欺硬的怕背着我的眼還怕誰倘或二奶奶告訴我一個不字我要你們的命二姐見他這般好心既有他我又何必多事下人不知好歹是常情我要告了他們受了委屈反叫人說我不賢良因此反替他們遮掩鳳姐一面使旺兒在外打聽這二姐的底細皆已深知果然已有了婆家的女婿現在纔十九歲成日在外賭博不理世業家私花盡了父母攆他出來現在賭錢場存身父親得了尤婆子二十兩銀子退了親的這女婿尚不知道原來這小夥子名叫張華鳳姐都一一盡知原委便封了二十兩銀子給旺兒悄悄命他將張華勾來養活着他寫一張狀子只要往有司衙門裡告去就告璉二爺國孝家孝的裡頭背旨瞞親仗財依勢强逼退親停妻再娶這張華也深知利害先不敢造次旺兒回了鳳姐鳳姐氣的罵道真是他娘的話怨不得俗語說

癩狗扶不上墻的你細細說給他就告我們家謀反也沒要緊不過是借他一鬧大家沒臉要鬧大了我這裡自然能彀平服的旺兒領命只得細說與張華鳳姐又吩咐旺兒他若告了你你就和他對詞去如此如此我自有道理旺兒聽了有他做主便又命張華狀子上添上自己說你只告我來旺的過付一應調唆二爺做的張華便得了主意和旺兒商議定了寫一張狀子次日便往都察院處喊了寃察院坐堂看狀子是告賈璉的事上面有家人來旺一人只得遣去賈府傳來旺兒來對詞青衣不敢擅入只命人帶信那旺兒正等着此事不用人帶信早在這条街上等候見了青衣反迎上去笑道起動衆位弟兄必

是兄弟的事犯了說不得快來套上衆青衣不敢只說好哥哥你去罷別鬧了於是來至堂前跪了察院命將狀子給他看旺兒故意看了一遍碰頭說道這事小的盡知的主人實有此事但這張華素與小的有仇故意拉小的在內其中還有人求老爺再問張華碰頭道雖還有人小的不敢告他所以只告他下人旺兒故意的說糊塗東西還不快說出來這是朝廷公堂上憑是主子也要說出來張華便說出賈蓉來察院聽了無法只得去傳賈蓉鳳姐又差了慶兒暗中打聽告下來了便忙將王信喚來告訴他此事命他托察院只要虛張聲勢驚唬而已又拿了三百銀子給他去打點是夜王信到了察院私宅安了根

子那察院深知原委收了贓銀次日回堂只說張華無賴因拖欠了賈府銀兩妄捏虛詞誣賴良人都察院素與王子騰相好王信也只到家說了一聲況是賈府之人巴不得了事便也不提此事且都收下只傳賈蓉對詞且說賈蓉等正忙着賈璉之事忽有人來報信說有人告你們如此如此這般這般快作道理賈蓉慌忙來回賈珍賈珍說我却早防着這一着倒難爲他這麼大膽子即刻對了二百銀子着人去打點察院又命家人去對詞正商議間又報西府二奶奶來了賈珍聽了這話倒吃了一驚忙要和賈蓉藏躲不想鳳姐已經進來了說好大哥哥帶着兄弟們幹的好事賈蓉忙請安鳳姐拉了他就進來賈珍

還笑說好生伺候你嬸娘吩咐他們殺牲口備飯說着便命備馬躲往別處去了這裏鳳姐帶着賈蓉走進上屋尤氏也迎出來了見鳳姐氣色不善忙說什麼事情這麼忙鳳姐照臉一口唾沫啐道你尤家的丫頭沒人要了偷着只往賈家送難道賈家的人都是好的。普天下死絕了男人了你就愿意給也要三媒六証大家說明成個體統纔是你痰迷了心脂油蒙了竅國孝家孝兩層在身就把個人送了來這會子叫人告我們連官場中都知道我利害吃醋如今指名提我要休我我到了這裏幹錯了什麼不是你這麼利害或是老太太太太有了話在你心裏叫你們做這個圈套擠出我去如今咱們兩個一同去見官分証明白回來咱們公同請了合族中人大家覿面說個明白給我休書我就走一面說一面大哭拉着尤氏只要去見官急的賈蓉跪在地下碰頭只求嬸娘息怒鳳姐一面又罵賈蓉天打雷劈五鬼分屍的沒良心的東西不知天有多高地有多厚成日家調三窩四幹出這些沒臉面沒王法敗家破業的營生你死了的娘陰靈兒也不容你祖宗也不容你還敢來勸我一面罵着揚手就打唬的賈蓉忙碰頭說道嬸娘別動氣只求嬸娘別看這一時任兒千日的不好還有一日的好實在嬸娘氣不平何用嬸娘打等我自已打嬸娘只別生氣說著就自已舉手左右開弓自已打了一頓嘴把子又自已問着自已說已

後可還再顧三不顧四的不了已後還單聽叔叔的話不聽嬸娘的話不了嬸娘是怎麼樣待你你這麼沒天理沒良心的衆人又要勸又要笑又不敢笑鳳姐兒滾到尤氏懷裡嚎天動地大放悲聲只說給你兄弟娶親我不惱為什麼使他違旨背親把混賬名兒給我背着咱們只去見官省了捕快皂隸來拿再者咱們過去只見了老太太太太和衆族人等大家公議了我既不賢良又不容男人買妾只給我一紙休書我即刻就走你妹妹我也親身接了來家生怕老太太太太生氣也不敢回現在三茶六飯金奴銀婢的住在園裡我這裡趕着收什房子和我一樣的只等老太太知道了原說下接過來大家安分守已

的我也不提舊事了誰知又是有了人家的不知你們幹的什麽事我一槩又不知道如今告我我昨日急了總然我出去見官也丟的是你賈家的臉少不得偷把太太的五百兩銀子去打點如今把我的人還鎖在那裡說了又哭哭了又罵後來又放聲大哭起祖宗爺娘來又要尋死撞頭把個尤氏揉搓成一個麵團兒衣服上全是眼淚鼻涕並無別話只罵賈蓉混賬種子和你老子做的好事我當初就說使不得鳳姐兒聽說這話哭着搬著尤氏的臉問道你發昏了你的嘴裡難道有茄子塞著不就是他們給你嚼子啣上了爲什麽你不來告訴我去你要告訴了我這會子不平安了怎麽得驚官動府鬧到這步田

地你這會子還怨他們自古說妻賢夫禍少表壯不如裡壯你但凡是個好的他們怎敢鬧出這些事來你又没才幹又没口齒鋸了嘴子的葫蘆就只會一味瞎小心應賢良的名兒說着啐了幾口尤氏也哭道何曾不是這樣你不信問問跟的人我何曾不勸的也要他們聽叫我怎麽樣呢怨不得妹妹生氣我只好聽着罷了衆姬妾丫頭媳婦等已是黑壓壓跪了一地陪笑求說二奶奶最聖明的雖是我們奶奶的不是奶奶也作踐彀了當着奴才們奶奶們素日何等的好來如今還求奶奶給留點臉兒說着捧上茶來鳳姐也摔了一回止了哭挽頭髮又喝罵賈蓉出去請你父親來我對面問他問親大爺的孝纔五

七侄兒娶親這個禮我竟不知道我問問也好學着日後教導你們賈蓉只跪著磕頭說這事原不與父母相干都是侄兒一時吃了屎調唆着叔叔做的我父親也並不知道嬸娘要鬧起來了侄兒也是個死只求嬸娘責罰侄兒侄兒謹領這官司還求嬸娘料理侄兒竟不能幹這大事嬸娘是何等樣人豈不知俗語說的胳膊折了往袖子裡姪兒糊塗死了既做了不肖的事就和那猫兒狗兒一般少不得還要嬸娘費心費力將外頭的事壓住了纔好只當嬸娘有這個不孝的兒子就惹了禍少不得委屈還要疼他呢說着又磕頭不絕鳳姐兒見了賈蓉這般心裡早軟了只是碍着衆人面前又難改過口來因歎了一

口氣一面拉起來一面拭淚向尤氏道嫂子也別惱我我是年輕不知事的人一聽見有人告訴了把我嚇昏了纔這麽着急的顧前不顧後了可是蓉兒說的胳膊折了在袖子裡剛纔的話嫂子可別惱還得嫂子在哥哥跟前替我說先把這官司按下去纔好尤氏賈蓉一齊都說嬸娘放心横竪一點兒連累不着叔叔嬸娘方纔說用過了五百兩銀子少不得我們娘兒們打點五百兩銀子給嬸娘送過去好補上那有叫嬸娘又添上虧空的理那邊發我們該死了但還有一件老太太太太們跟前嬸娘還要週全方便别提這些話纔好鳳姐又冷笑道你們饒壓着我的頭幹了事這會子反哄着我替你們週全我就是個

傻子也傻不到如此嫂子的兄弟是我的什麽人嫂子既怕他絕了後我難道不更比嫂子更怕絕後嫂子的妹子就合我的妹子一樣我一聽見這話連夜喜歡的連覺也睡不成趕着傳人收什丁屋子就要接進來同住倒是奴才小人的見識他們倒說奶奶太性急若是我們的主意先回了老太太太太看是怎麽樣再收什房子去接也不遲我聽了這話叫我要打要罵的纔不言語了誰知偏不稱我的意偏偏兒的打嘴半空裡跑出一個張華來告了一狀我聽見了唬的兩夜没合眼兒又不敢聲張只得求人去打聽這張華是什麽人這樣大膽打聽了兩日誰知是個無賴的花子小子們說原是二奶奶許了他的

他如今急了凍死餓死也是個死現在有這個禮他抓住總然死了死的倒比凍死餓死還值些怎麽怨的他告呢這事原是爺做的太急了國孝一層罪家孝一層罪背着父母私娶一層罪停妻再娶一層罪俗語說拚着一身剮敢把皇帝拉下馬他窮瘋了的人什麽事做不出來況且他又拿着這滿禮不告等請不成嫂子說我就是個韓信張良聽了這話也把智謀嚇回去了你兄弟又不在家又没個人商量少不得拿錢去墊補誰知越使錢越叫人拿住刀靶兒越發來訛我是耗子尾巴上長瘡多少膿血兒所以又急又氣少不得來找嫂子尤氏賈蓉不等說完都說不必操心自然要料理的賈蓉又道那張華不過

個生意我又是個心慈面軟的人憑人撮弄我我還是一片傻心腸兒說不得等我應起來如今你們只別露面我只領了你妹妹去給老太太太太們磕頭只說原係你妹妹我看上了狠好正因我不大生長原說買兩個人放在屋裡的今既見了你妹妹很好而且又是親上做親的我願意娶來做二房皆因家中父母姊妹親近一槩死了日子又難不能度日若等百日之後無奈無家無業實在難等就筭我的主意接進來了已經廂房收拾出來了暫且住着等滿了孝再圓房兒仗着我這不害臊的臉死活賴去有了不是也尋不着你們了你們娘兒兩個想想可使得尤氏賈蓉一齊笑說到底是嬸娘寬洪大量足智

多謀等事妥了少不得我們娘兒們過去拜謝鳳姐兒道罷呀還說什麼拜謝不拜謝又指着賈蓉道今日我纔知道你了說着把臉却一紅眼圈兒也紅了似有多少委屈的光景賈蓉忙陪笑道罷了少不得擔待我這一次能說着忙又跪下了鳳姐兒扭過臉去不理他賈蓉纔笑着起來了這裡尤氏忙命丫頭們舀水取粧奩伏侍鳳姐兒梳洗了趕忙又命預備晚飯鳳姐兒執意要回去尤氏攔著道今日二嬸子要這麼走了我們什麼臉還過那邊去呢賈蓉傍邊笑著勸道好嬸娘親嬸娘已後蓉兒要不真心孝順你老人家天打雷劈鳳姐瞅了他一眼啐道誰信你這說到這裡又咽住了一面老婆丫頭們擺上酒菜

來尤氏親自遞酒佈菜賈蓉又跪着敬了一鍾酒鳳姐便合尤氏吃了飯丫頭們遞了漱口茶又捧上茶來鳳姐喝了兩口便起身回去賈蓉親身送過來進門時又悄悄的央告了幾句私心話鳳姐也不理他只得怏怏的回去了且說鳳姐進園中將此事告訴尤二姐又說我怎麽操心又怎麽打聽須得如此如此方保得衆人無罪少不得偺們按着這個法兒來纔好不知鳳姐又想出什麽計策且聽下回分解

紅樓夢第六十八回終

紅樓夢第六十九回

弄小巧用借劍殺人　覺大限生吞金自逝

話說尤二姐聽了又感謝不盡只得跟了他來尤氏那邊怎好不過來呢少不得也過來跟著鳳姐去回鳳姐笑說你只別說話等我去說尤氏道這個自然但有了不是往你身上推就是了說着大家先至賈母屋裡正值賈母和園裡姊妹們說笑解悶兒忽見鳳姐帶了一個絕標緻的小媳婦兒進來忙覷着眼瞧說這是誰家的孩子好可憐見兒的鳳姐上來笑道老祖宗細細的看看好不好說着忙拉二姐兒說這是太婆婆了快磕頭二姐兒忙行了大禮鳳姐又指著衆姐妹說這是某人某人

太太瞧過回來好見禮二姐兒聽了只得又從新故意的問過垂頭站在傍邊賈母上下瞧了瞧仰着臉想了想因又笑問這孩子我倒像那裡見過他好眼熟啊鳳姐忙又笑說老祖宗且別講那些只說比我俊不俊賈母又帶上眼鏡命鴛鴦琥珀把那孩子拉過來我瞧瞧肉皮兒衆人都抿著嘴兒笑推他上去賈母細瞧了一遍又命琥珀拿出他的手來我瞧瞧賈母瞧畢摘下眼鏡來笑說道狠齊全我看比你還俊呢鳳姐聽說笑着忙跪下將尤氏那邊所編之話一五一十細細的說了一遍少不得老祖宗發慈心先許他進來住一年後再圓房兒賈母聽了道這有什麽不是既你這樣賢良狠好只是一年後纔圓得

房鳳姐聽了叩頭起來又求賈母着兩個女人一同帶去見太太們說是老祖宗的主意賈母依允遂使二人帶去見了邢夫人等王夫人正因他風聲不雅深爲憂慮見他今如此事豈有不樂之理于是尤二姐自此見了天日挪到廂房居住鳳姐一面使人暗暗調唆張華只叫他要原妻這裡還有許多陪送外還給他銀子安家過活張華原無膽無心告賈家的後來又見賈蓉打發了人對詞那人原說的張華先退了親我們原是親戚接到家裡住着是真並無強娶之說皆因張華拖欠我們的債務追索不給方誣賴小的主兒那察院都和賈王兩處有瓜葛況又受了賄只說張華無賴以窮訛詐狀子也不收打了一

頓赶出來慶兒在外替張華打點也沒打重又調唆張華說這親原是你家定的你只要親事官必還斷給你於是又告王信那邊又透了消息與察院察院便批張華借欠賈宅之銀令其限內按數交還其所定之親仍令其有力時娶回又傳了他父親來當堂批準他父親亦係慶兒說明樂得人財兩得便去賈家領人鳳姐一面嚇的來回賈母說如此這般都是珍大嫂子幹事不明那家並沒退準惹人告了如此官斷賈母聽了忙喚尤氏過來說他做事不妥既你妹子從小與人指腹爲婚又沒退斷叫人告了這是什麼事尤氏聽了只得說他連銀子都收了怎麼沒準鳳姐在傍說張華的口供上現說沒見銀子也沒

見人去他老子又說原是親家說過一次並沒應准親家死了你們就接進去做二房如此沒對證的話只好由他去混說幸而璉二爺不在家不曾圓房這還無妨只是人已來了怎好送回去豈不傷臉賈母道又沒圓房沒的强占人家有夫之人名聲也不好不如送給他去那裡尋不出好人來尤二姐聽了又回賈母說我母親實在某年某月某日給了他二十兩銀子退准的他因窮極了告又翻了口我姐姐原沒錯辦賈母聽了便說可見刁民難惹既這樣鳳丫頭去料理料理鳳姐聽了無法只得應着回來只命人去找賈蓉賈蓉深知鳳姐之意若要使張華領回成何體統便回了賈珍暗暗遣人去說張華你如今

既有許多銀子何必定要原人若只管執定主意豈不怕爺們一怒尋出一個由頭你死無葬身之地你有了銀子回家去什麼好人尋不出來你若走呢還賞你些路費張華聽了心中想了一想這倒是好主意和父母商議已定約共也得了有百金父子次日起了五更便回原籍去了賈蓉打聽的真了來回了賈母鳳姐說張華父子妄告不實懼罪逃走官府亦知此情也不追究大事完畢鳳姐聽了心中一想若必定着張華帶回二姐兒去未免賈璉回來再花幾個錢包占住不怕張華不依還是二姐兒不去自已拉絆着還妥當且再作道理只是張華此去不知何往倘或他再將此事告訴了別人或日後再尋出這

由頭來刦棄豈不是自已害了自已原先不該如此把刀靶兒遞給外人哪因此後悔不迭復又想了一個主意出來悄命旺兒遣人尋着了他或訛他做賊和他打官司將他治死或暗使人筭計務將張華治死方剪草除根保住自已的名聲旺兒領命出來回家細想人已走了完事何必如此大做人命關天非同兒戲我且哄過他去再作道理因此在外躲了幾日回來告訴鳳姐只說張華因有幾兩銀子在身上逃去第三日在京口地界五更天已被截路打悶棍的打死了他老子唬死在店房在那裡驗尸掩埋鳳姐聽了不信說你要撒謊我再使人打聽出來敲你的牙自此方丟過不究鳳姐和尤二姐和美非常竟比親姊妹還勝幾倍那賈璉一日事畢回來先到了新房中已經靜悄悄的關鎖只有一個看房子的老頭兒賈璉問起原故老頭子細說原委賈璉只在鐙中跌足少不得來見賈赦和邢夫人將所完之事回明賈赦十分歡喜說他中用賞了他一百兩銀子又將房中一個十七歲的丫鬟名喚秋桐賞他爲妾賈璉叩頭領去喜之不盡見了賈母合家衆人回來見了鳳姐未免臉上有些媿色誰知鳳姐反不似往日容顏同尤二姐一同出來叙了寒溫賈璉將秋桐之事說了未免臉上有些得意驕矜之色鳳姐聽了忙命兩個媳婦坐車到那邊接了來心中一刺未除又平空添了一刺說不得且吞聲忍氣將好顏面換出

來遮飾一面又命擺酒接風一面帶了秋桐來見賈母與王夫人等賈璉心中也暗暗的納罕且說鳳姐在家外面待尤二姐自不必說的只是心中又懷別意無人處只和尤二姐說妹妹的名聲很不好聽連老太太太太們都知道了說妹妹在家做女孩兒就不乾淨又和姐夫來往太密沒人要的你揀了來還不休了再尋好的我聽見這話氣的什麼兒是的後來打聽是誰說的又察不出來日久天長這些奴才們跟前怎麼說嘴呢我反弄了魚頭來折說了兩遍自已先氣病了茶飯也不吃除了平兒衆丫頭媳婦無不言三語四指桑說槐暗相譏刺且說秋桐自以爲係賈赦所賜無人僣他的連鳳姐平兒皆不放在

眼裡豈容那先姦後娶沒人抬舉的婦女鳳姐聽了暗樂自從粧病便不和尤二姐吃飯每日只命人端了菜飯到他房中去吃那茶飯都係不堪之物平兒看不過自已拿錢出來弄菜給他吃或是有時只說和他園中逛逛在園中厨內另做了湯水給他吃也無人敢回鳳姐只有秋桐碰見了便去說舌告訴鳳姐說奶奶名聲生是平兒弄壞了的這樣好菜好飯浪著不吃却往園裡去偷吃鳳姐聽了駡平兒說人家養猫會拿耗子我的猫倒咬鷄平兒不敢多說自此也就遂着了又暗恨秋桐園中姊妹一干人暗爲二姐躭心雖都不敢多言却也可憐每常無人處說起話來二姐便淌眼抹淚又不敢抱怨鳳姐兒因無

一點壞形賈璉來家時見了鳳姐賢良也便不留心況素昔見賈赦姬妾丫鬟最多賈璉每懷不軌之心只未敢下手今日天緣湊巧竟把秋桐賞了他真是一對烈火乾柴如膠投漆燕爾新婚連日那裡拆得開賈璉在二姐身上之心也漸漸淡了只有秋桐一人是命鳳姐雖恨秋桐且喜借他先可發脫二姐用借刀殺人之法坐山觀虎鬥等秋桐殺了尤二姐自己再殺秋桐主意已定沒人處常又私勸秋桐說你年輕不知事他現是二房奶奶你爺心坎兒上的人我還讓他三分你去硬碰他豈不是自尋其死那秋桐聽了這話越發惱了天天大口亂罵說奶奶是軟弱人那等賢惠我却做不來奶奶把素日的威風怎麽都沒了奶奶寬洪大量我却眼裡揉不下沙子去讓我和這娼婦做一回他纔知道呢鳳姐兒在屋裡只粧不敢出聲兒氣的尤二姐在房裡哭泣連飯也不吃又不敢告訴賈璉次日賈母見他眼睛紅紅的腫了問他又不敢說秋桐正是抓乖賣俏之時他便悄悄的告訴賈母王夫人等說他專會作死好好的成天喪聲嚎氣背地裡咒二奶奶和我早死了好和二爺一心一計的過賈母聽了便說人太生嬌俏了可知心就嫉妬了鳳丫頭倒好意待他他倒這樣爭鋒吃醋可知是個賤骨頭因此漸次便不大喜歡衆人見賈母不喜不免又往上踐踏起來弄得這尤二姐要死不能要生不得還是虧了平兒時常背着鳳

姐與他排解那尤二姐原是花爲腸肚雪作肌膚的人如何經得這般折磨不過受了一月的暗氣便懨懨得了一病四肢懶動茶飯不進漸次黃瘦下去夜來合上眼只見他妹妹手捧鴛鴦寶劍前來說姐姐你爲人一生心癡意軟終久吃了虧休信那妒婦花言巧語外作賢良內藏奸猾他發狠定要弄你一死方罷若妹子在世斷不肯令你進來就是進來亦不容他這樣此亦係理數應然只因你前生淫奔不才使人家喪倫敗行故有此報你速依我將此劍斬了那妒婦一同回至警幻案下聽其發落不然你白白的喪命也無人憐惜的尤二姐哭道妹妹我一生品行既虧今日之報既係當然何必又去殺人作孽三

姐兒聽了長嘆而去這二姐驚醒却是一夢等賈璉來看時因無人在側便哭着合賈璉說我這病不能好了我來了半年腹中已有身孕但不能預知男女倘老天可憐生下來還可若不然我的命還不能保何况於他賈璉亦哭說你只管放心我請名人來醫治於是出去即刻請醫生誰知王太醫此時也病了又謀幹了軍前効力回來好討廕封的小厮們走去便仍舊請了那年給晴雯看病的太醫胡君榮來胗視了說是經水不調全要大補賈璉便說已是三月庚信不行又常嘔酸恐是胎氣胡君榮聽了復又命老婆子請出手來再看了半日說若論胎氣肝脉自應洪大然木盛則生火經水不調亦皆因肝木所致

醫生要大膽須得請奶奶將金面略露一露醫生觀看氣色方
敢下藥賈璉無法只得命將帳子掀起一縫尤二姐露出臉來
胡君榮一見早已魂飛天外那裡還能辨氣色一時掩了帳子
賈璉陪他出來問是如何胡太醫道不是胎氣只是瘀血凝結
如今只以下瘀通經要緊於是寫了一方作辭而去賈璉令人
送了藥禮抓了藥來調服下去只半夜光景尤二姐腹痛不止
誰知竟將一個已成形的男胎打下來了於是血行不止二姐
就昏迷過去賈璉聞知大罵胡君榮一面遣人再去請醫調治
一面命人去找胡君榮胡君榮聽了早已捲包逃走這裡太醫
便說本來血氣虧弱受胎以來想是着了些氣惱鬱結于中這

位先生誤用虎狼之劑如今大人元氣十傷八九一時難保就
愈煎丸二藥並行還要一些閑言閑事不聞庶可望好說畢而
去也開了個煎藥方子並調元散鬱的丸藥方子去了急的賈
璉便查誰請的姓胡的來一時查出便打了個半死鳳姐比賈
璉更急十倍只說偺們命中無子好容易有了一個遇見這樣
沒本事的大夫來于是天地前燒香禮拜自己通誠禱告說我
情愿有病只求尤氏妹子身體大愈再得懷胎生一男子我愿
吃常齋念佛賈璉衆人見了無不稱贊賈璉與秋桐在一處鳳
姐々做湯做水的着人送與二姐又叫人出去算命打卦偏算
命的回來又說係屬兎的陰人沖犯了大家筭將起來只有秋

桐一人屬冤見說他冲的秋桐見賈璉請醫調治打人罵狗爲
二姐十分盡心他心中早浸了一缸醋在內了今又聽見如此
說他冲了鳳姐兒又勸他說你暫且別處躲幾日再來秋桐便
氣得哭罵道理那起餓不死的雜種混嚼舌根我和他井水不
犯河水怎麽就冲了他好個愛八哥兒在外頭什麽人不見偏
來了就冲了我還要問問他呢到底是那裡來的孩子他不過
哄我們那個綿花耳朶的爺罷了總有孩子也不知張姓王姓
的奶奶希罕那雜種羔子我不喜歡誰不會養一年半載養一
個倒還是一點攙雜没有的呢衆人又要笑又不敢笑可巧邢
夫人過來請安秋桐便告訴邢夫人說二爺二奶奶要攆我出

去我没了安身之處太太好歹開恩邢夫人聽說便數落了鳳
姐兒一陣又罵賈璉不知好歹的種子憑他怎麽樣是老爺給
的爲個外來的攆他連老子都没了說着賭氣去了秋桐更又
得意越發走到窗戶根底下大罵起來尤二姐聽了不免更添
煩惱晚間賈璉在秋桐房中歇了鳳姐已睡平兒過尤二姐那
邊來勸慰了一番尤二姐哭訴了一回平兒又囑咐了幾句夜
已深了方去安息這裡尤二姐心中自思病已成勢日無所養
反有所傷料定必不能好況胎已經打下無甚懸心何必受這
些零氣不如一死倒還干淨常聽見人說金子可以墜死人豈
不比上吊自刎又干淨想畢扎挣起來打開箱子便找出一塊

金也不知多重哭了一回外邊將近五更天氣那二姐咬牙狠命便吞入口中幾次直脖方咽了下去于是赶忙將衣裳首飾穿戴齊整上炕躺下當下人不知鬼不覺到第二日早辰丫鬟媳婦們見他不叫人樂得自已梳洗鳳姐秋桐都上去了平兒看不過說丫頭們就只配沒人心的打著罵着使也罷了一個病人也不知可憐可憐他雖好性兒你們也該拿出個樣兒來別太過逾了墻倒衆人推丫環聽了急推房門進來看時却穿戴的齊齊整整死在炕上於是方嚇慌了喊叫起來平兒進來瞧見不禁大哭衆人雖素昔懼怕鳳姐然想二姐兒實在溫和憐下如今死去誰不傷心落淚只不敢與鳳姐看見當下合宅

皆知賈璉進來摟尸大哭不止鳳姐也假意哭道狠心的妹妹你怎麽丢下我去了辜負了我的心尤氏賈蓉等也都來哭了一場勸住賈璉賈璉便回了王夫人討了梨香院停放五日挪到鐵檻寺去王夫人依允賈璉忙命人去往梨香院收拾停靈將二姐兒擡上去用衾单蓋了八個小厮和八個媳婦圍隨抬往梨香院來那裡已請下天文生擇定明日寅時入殮大吉五日出不得七日方可賈璉道竟是七日因家叔家兄皆在外小喪不敢久停天文生應諾寫了殃榜而去寶玉一早過來陪哭一場衆族人也都來了賈璉忙進去找鳳姐要銀子治辦喪事鳳姐兒見抬了出去推有病回老太太太太說我病著忌三房

不許我去我因此也不出來穿孝且往大觀園中來遶過羣山
至北界墻根下往外聽了一言半語回來又回賈母說如此這
般賈母道信他胡說誰家癆病死的孩子不燒了也認眞開喪
破土起來旣是二房一塲也是夫妻情分停五七日抬出來或
一燒或亂葬埂上埋了完事鳳姐笑道可是這話我又不敢勸
他正說着丫鬟來請鳳姐說二爺在家等着奶奶拿銀子呢鳳
姐兒只得來了便問他什麽銀子家裡近日艱難你還不知道
偺們的月例一月趕不上一月昨兒我把兩個金項圈當了三
百銀使剩了還有二十幾兩你要就拿去說着便命平兒拿出
來遞給賈璉指著賈母有話又去了恨的賈璉無話可說只得

開了尤氏箱籠去拿自己體己及開了箱櫃一點無存只有些
折簪爛花並幾件半新不舊的紬絹衣裳都是尤二姐素日穿
的不禁又傷心哭了想着他死的不分明又不敢說只得自己
用個包袱一齊包了也不用小厮丫鬟來拿自己提着來燒平
兒又是傷心又是好笑忙將二百兩一包碎銀子偷出來悄遞
與賈璉說你別言語纔好你要哭外頭有多少哭不得又跑了
這裡來點眼賈璉便說道你說的是接了銀子又將一條汗巾
遞與平兒說這是他家常繫的你好生替我收着做個念心兒
平兒只得接了自己收去賈璉收了銀子命人買板進來連夜
趕造一面分派了人口守靈晚上自己也不進去只在這裡伴

宥放了七日想着二姐舊情雖不大敢作聲勢却也不免請些僧道超度亡靈一時賈母忽然來未知何事下回分解

紅樓夢第六十九回終

紅樓夢第七十回

林黛玉重建桃花社　史湘雲偶塡柳絮詞

話說賈璉自在梨香院伴宿七日夜天天僧道不斷做佛事賈母喚了他去吩咐不許送往家廟中賈璉無法只得又和時覺說了就在尤三姐之上點了一個穴破土埋葬那日送殯只不過族中人與王姓夫婦尤氏婆媳而已鳳姐一應不管只憑他自去辦理又因年近歲逼諸事煩雜不算外又有林之孝開了一個人單子來回共有八個二十五歲的單身小厮應該娶妻成房的等裡面有該放的丫頭好求指配鳳姐看了先來問賈母和王夫人大家商議雖有幾個應該發配的奈各人皆有緣

故第一個鴛鴦發誓不去自那日之後一向未與寶玉說話也不盛粧濃飾衆人見他志堅也不好相强第二個琥珀現又有病這次不能了彩雲因近日和賈環分崩也染了無醫之症只有鳳姐兒和李紈房中粗使的大丫頭發出去了其餘年紀未足令他們外頭自娶去了原來這一向因鳳姐兒病了李紈探春料理家務不得閑暇接着過年過節許多雜事竟將詩社擱起如今仲春天氣雖得了工夫爭奈寶玉因柳湘蓮遁跡空門又聞得尤三姐自刎尤二姐被鳳姐逼死又兼柳五兒自那夜監禁之後病越重了連連接接閒愁胡恨一重不了一重添弄的情色若痴語言常亂似染怔忡之病慌的襲人等又不敢回

賈母只百般逗他頑笑這日清晨方醒只聽得外間屋內咭咭呱呱笑聲不斷襲人因笑說你快出去拉拉罷晴雯和麝月兩個人按住芳官那裡膈肢呢寶玉聽了忙披上灰鼠長襖出來一瞧只見他三人被褥尚未疊起大衣也未穿那晴雯只穿着葱綠杭紬小襖紅綢子小衣兒披着頭髮騎在芳官身上麝月是紅綾抹胸披着一身舊衣在那裡抓芳官的肋肢芳官却仰在炕上穿着撒花緊身兒紅褲綠襪兩脚亂蹬笑的喘不過氣來寶玉忙笑說兩個大的欺負一個小的等我來撓你們說着也上床來隔肢晴雯晴雯觸癢笑的忙丟下芳官來合寶玉對抓芳官趁勢將晴雯按倒襲人看他四人滚在一處倒好笑因

說道仔細凍着了可不是頑的都穿上衣裳罷忽見碧月進來說昨兒晚上奶奶在這裡把塊絹子忘了去不知可在這裡沒有春燕忙應道有我在地下撿起來不知是那一位的纔洗了剛晾着還沒有乾呢碧月見他四人亂滚因笑道倒是你們這裡熱鬧大清早起就咭咭呱呱的頑成一處寶玉笑道你們那裡人也不少怎麽不頑碧月道我們奶奶不頑把兩個姨娘和姑娘也都拘住了如今琴姑娘跟了老太太前頭去更冷冷清清的了兩個姨娘到明年冬天也都家去了更那纔冷清呢你瞧瞧寶姑娘那裡出去了一個香菱就像短了多少人是的把個雲姑娘落了單了正說着見湘雲又打發了翠縷來說請二

翁快出去瞧好詩寶玉聽了忙梳洗出去果見黛玉寶釵湘雲寶琴探春都在那裡手裡拿着一篇詩看見他來時都笑道這會子還不起來偺們的詩社散了一年也沒有一個人作興作興如今正是初春時節萬物更新正該鼓舞另立起來纔好湘雲笑道一起詩社時是秋天就不發達如今却好萬物逢春偺們重新整理起這個社來自然要有生趣了况這首桃花詩又好就把海棠社改作桃花社豈不大妙呢寶玉聽着點頭說很好且忙著要詩看衆人都又說偺們此時就訪稻香老農去大家議定好起社說着一齊站起來都往稻香村來寶玉一壁走一壁看寫着是

桃花行

桃花簾外東風軟　桃花簾內晨妝懶
簾外桃花簾內人　人與桃花隔不遠
東風有意揭簾櫳　花欲窺人簾不捲
桃花簾外開仍舊　簾中人比桃花瘦
花解憐人花亦愁　隔簾消息風吹透
風透簾櫳花滿庭　庭前春色倍傷情
閒苔院落門空掩　斜日欄杆人自凭
凭欄人向東風泣　茜裙偷傍桃花立
桃花桃葉亂紛紛　花綻新紅葉凝碧

樹樹煙封一萬株　烘樓照壁紅糢糊
天機燒破鴛鴦錦　春酣欲醒移珊枕
侍女金盆進水來　香泉飲蘸胭脂冷
胭脂鮮艷何相類　花之顔色人之淚
若將人淚比桃花　淚自長流花自媚
淚眼觀花淚易乾　淚乾春盡花憔悴
憔悴花遮憔悴人　花飛人倦易黃昏
一聲杜宇春歸盡　寂寞簾櫳空月痕

寶玉看了並不稱讚痴痴呆呆竟要滾下淚來又怕衆人看見忙自己拭了因問你們怎麽得來寶琴笑道你猜是誰做的寶

玉笑道自然是瀟湘子的稿子了寶琴笑道現在是我做的呢寶玉笑道我不信這聲調口氣迥乎不像寶琴笑道所以你不通難道杜工部首首都作叢菊兩開他日淚不成一般的也有紅綻雨肥梅水荇牽風翠帶長等語寶玉笑道固然如此但我知道姐姐斷不許妹妹有此傷悼之句妹妹本有此才却也斷不肯做的比不得林妹妹曾經離喪作此哀音衆人聽說都笑了已至稻香村中將詩與李紈看了自不必說稱賞不已說起詩社大家議定明日乃三月初二日就起社便改海棠社爲桃花社黛玉爲社主明日飯後齊集瀟湘館因又大家擬題黛玉便說大家就要桃花詩一百韻寶釵道使不得古來桃花詩最

多總作了必落套此不得你這一首古風須得再擬正說着人回舅太太來了請姑娘們出去請安因此大家都往前頭來見王子勝的夫人陪着說話飯畢又陪着入園中來遊玩一遍至晚飯後掌燈方去次日乃是探春的壽日元春早打發了兩個小太監送了幾件玩器合家皆有壽禮自不必細說飯後探春換了禮服各處行禮黛玉笑向衆人道我這一社開的又不巧了偏忘了這兩日是他的生日雖不擺酒唱戲少不得都要陪他在老太太太太跟前頑笑一日如何能得閒空見因此改至初五這日衆姊妹皆在房中侍早膳畢便有賈政書信到了寶玉請安將請賈母的安禀拆開念與賈母聽上面不過是請安的話說六月准進京等語其餘家信事物之帖自有賈璉和王夫人開讀衆人聽說六七月回京都喜之不盡偏生這日王子勝將侄女許與保寧侯之子為妻擇于五月間過門鳳姐兒又忙著張羅常三五日不在家這日王子勝的夫人又來接鳳姐兒一並請衆甥男甥女樂一日賈母和王夫人命寶玉探春黛玉寶釵四人同鳳姐兒去衆人不敢違拗只得回房去另粧飾了起來五人去了一日掌燈方回寶玉進入怡紅院歇了半刻襲人便乘機勸他收一收心閒時把書理一理好預備著寶玉屈指算了一算說還早呢襲人道書還是第二件到那時總然你有了書你的字寫的在那裡呢寶玉笑道我時常也有寫了

的好些難道都沒收著襲人道何曾沒收着你昨兒不在家我就拿出來統共數了一數纔有五百六十幾篇這二三年的工夫難道只有這幾張字不成依我說明日起把別的心先都收起來天天快臨幾張字補上雖不能按日都有也要大槩看的過去寶玉聽了忙着自己又親檢了一遍實在搪塞不過便說明日為始一天寫一百字纔好說話時大家睡下至次日起來梳洗了便在窗下恭楷臨帖賈母因不見他只當病了忙使人來問寶玉方去請安便說寫字之故因此出來遲了賈母聽說十分喜歡就吩咐他以後只管寫字念書不用出來也使得你去回你太太知道寶玉聽說遂到王夫人屋裡來說明王夫人

便道臨陣磨鎗也不中用有這會子着急天天寫寫念念有多少完不了的這一趕又趕出病來纔罷寶玉回說不妨事寶釵探春等都笑說太太不用着急書雖替不得他字却替得的我們每日每人臨一篇給他搪塞過這一步兒去就完了一則老爺不生氣二則他也急不出病來王夫人聽說點頭而笑原來黛玉聞得賈政回家必問寶玉的功課寶玉一向分心到臨期自然要吃虧的因自己只粧不奈煩把詩社更不提起探春寶釵二人每日也臨一篇楷書字與寶玉寶玉自己每日也加功或寫二百三百不拘至三月下旬便將字又積了許多這日正算著在得幾十篇也就搪的過了誰知紫鵑走來送了一卷東

西寶玉折開看時却是一色去油紙上臨的鍾王蠅頭小楷字跡且與自己十分相類喜的寶玉和紫鵑作了一個揖又親自來道謝接着湘雲寶琴二人也都臨了幾篇相送湊成雖不足功課亦可搪塞了寶玉放了心于是將應讀之書又溫理過幾次正是天天用功可巧近海一帶海嘯又遭塌了幾處生民地方官題本奏聞奉旨就着賈政順路查看賑濟回來如此算去至七月底方回寶玉聽了便把書字又丟過一邊仍是照舊遊蕩時值暮春之際湘雲無聊因見柳花飄舞便偶成一小詞調寄如夢令其詞曰

豈是繡絨纔吐捲起半簾香霧纖手自拈來空使鵑啼燕

妬且住且住莫使春光別去

自己做了心中得意便用一條紙兒寫好給寶釵看了又來找黛玉黛玉看畢笑道好的狠又新鮮又有趣兒湘雲說道偺們這幾社總沒有填詞你明日何不起社填詞豈不新鮮些黛玉聽了偶然興動便說這話也倒是湘雲道偺們趁今日天氣好爲什麼不就是今日黛玉道也使得說著一面吩咐預備了幾色菓點一面就打發人分頭去請這裡二人便擬了柳絮爲題又限出幾個調來寫了粘在壁上衆人來看時以柳絮爲題限各色小調又都看了湘雲的稱賞了一回寶玉笑道這詞上我倒平常少不得也要胡謅了於是大家拈鬮寶釵炷了一支夢

甜香大家思索起來一時黛玉有了寫完接着寶琴也忙寫出來寶釵笑道我已有了瞧了你們的再看我的探春笑道今兒這香怎麽這麽快我纔有了半首因又問寶玉你可有了寶玉雖做了些自已嫌不好又都抹了要另做回頭看香已盡了李紈等笑道寶玉又輸了蕉丫頭的呢探春聽說便寫出來衆人看時上面却只半首南柯子寫道是

空掛纖纖縷徒垂絡絡絲也難綰繫也難羈一任東西南北各分離

李紈笑道這却也好何不再續上寶玉見香沒了情願認輸不肯勉强塞責將筆擱下來瞧這半首見沒完時反倒動了興乃

提筆續道

落去君休惜飛來我自知鶯愁蝶倦晚芳時縱是明春再見隔年期

衆人笑道正經你分內的又不能這却偏有了總然好也筭不得說着看黛玉的是一闋唐多令

粉墮百花洲香殘燕子樓一團團逐隊成毬漂泊亦如人命薄空繾綣說風流　草木也知愁韶華竟白頭嘆今生誰拾誰收嫁與東風春不管憑爾去忍淹留

衆人看了俱點頭感嘆說太作悲了好是果然好的因又看寶琴的西江月

漢苑零星有限隋堤點綴無窮三春事業付東風明月梨花一夢　幾處落紅庭院誰家香雪簾櫳江南江北一般同偏是離人恨重

衆人都笑說到底是他的聲調悲壯幾處誰家兩何最妙寶釵笑道總不免過于喪敗我想柳絮原是一件輕薄無根的東西依我的主意偏要把他說好了纔不落套所以我謅了一首來未必合你們的意思衆人笑道別太謙了自然是好的我們賞鑒賞鑒因看這一闋臨江仙道

白玉堂前春解舞東風捲得均勻

湘雲先笑道好一個東風捲得均勻這一句就出人之上了

蜂圍蝶陣亂紛紛幾曾隨逝水豈必委芳塵　萬縷千絲終不改任他隨聚隨分韶華休笑本無根好風憑借力送我上青雲

衆人拍案叫絕都說果然翻的好自然這首爲尊纏綿悲戚讓瀟湘子情致嫵媚却是枕霞小薛與蕉客今日落第要受罰的寶琴笑道我們自然受罰但不知交白卷子的又怎麼罰李紈道不用忙這定要重重的罰他下次爲例一語未了只聽窗外竹子上一聲響恰似窗屜子倒了一般衆人嚇了一跳丫鬟們出去瞧時簾外丫頭子們回道一個大蝴蝶風箏掛在竹梢上了衆丫鬟笑道好一個齊整風箏不知是誰家放的斷了線借

們拿下他來寶玉等聽了也都出來看時寶玉笑道我認得這
風箏這是大老爺那院裡嫣紅姑娘放的拿下來給他送過去
罷紫鵑笑道難道天下沒有一樣的風箏单他有這個不成二
爺也太死心眼兒了我不管我且拿起來探春笑道紫鵑也太
小器你們一般有的這會子拾人走了的也不嫌個忌諱黛玉
笑道可是呢把偺們的拿出來偺們也放放晦氣丫頭們聽見
放風箏巴不得一聲兒七手八脚都忙着拿出來也有美人兒
的也有沙雁兒的丫頭們搬高墩綑剪子股兒一面撥起籰子
來寶釵等立在院門前命丫頭們在院外敞地下放去寶琴笑
道你這個不好看不如三姐姐的一個軟翅子大鳳凰好寶釵

回頭向翠墨笑道你去把你們的拿來也放放寶玉又興頭起
來也打發個小丫頭子家去說把昨日賴大娘送的那個大魚
取來小丫頭去了半天空手回來笑道晴雯姑娘昨兒放走了
寶玉道我還沒放一遭兒呢探春笑道橫竪是給你放晦氣罷
了寶玉道再把大螃蟹拿來罷丫頭去了同了幾個人扛了一
個美人並籰子來回說襲姑娘說昨兒把螃蟹給了三爺了這
一個是林大娘纔送來的放這一個罷寶玉細看了一回只見
這美人做的十分精緻心中歡喜便叫放起來此時探春的也
取了來了丫頭們在那山坡上已放起來寶琴叫丫頭放起一
個大蝙蝠來寶釵也放起個一連七個大雁來獨有寶玉的美

人兒再放不起來寳玉說丫頭們不會放自已放了半天只起房高就落下來急的頭上的汗都出來了衆人都笑他他便恨的摔在地下指着風箏說道要不是個美人兒我一頓脚跺個稀爛黛玉笑道那是頂線不好拏去叫人換好了就好放了再取一個來放罷寳玉等大家都仰面看天上這幾個風箏起在空中一時風緊衆丫鬟都用絹子墊着手放黛玉見風力緊了過去將籰子一鬆只聽豁喇喇一陣响登時線盡風箏隨風去了黛玉因讓衆人來放衆人都說林姑娘的病根兒都放了去了咱們大家都放了罷於是丫頭們拏過一把剪子來鉸斷了線那風箏都飄飄飖飖隨風而去一時只有鷄蛋大一展眼只

剩下一點黑星兒一會兒就不見了衆人仰面說道有趣有趣說着有丫頭來請吃飯大家方散從此寳玉的工課也不敢像先竟撂在脖子後頭了有時寫寫字有時念念書悶了也出來合姐妹們頑笑半天或往瀟湘館去閒話一回衆姐妹都知他工課虧欠大家自去吟詩取樂或講習針黹也不肯去招他那黛玉更怕賈政回來寳玉受氣每每推睡不大兜攬他寳玉也只得在自已屋裡隨便用些工課展眼已是夏末秋初一日賈母處兩個丫頭匆匆忙忙來叫寳玉不知何事下回分解

紅樓夢第七十回終